TRADUÇÃO E ADAPTAÇÃO
Beto Junqueyra

VERSÃO EM FRANCÊS
Heloisa Albuquerque-Costa

ILUSTRAÇÕES
Danilo Tanaka

LE TOUR DU MONDE EN 80 JOURS
JULES VERNE

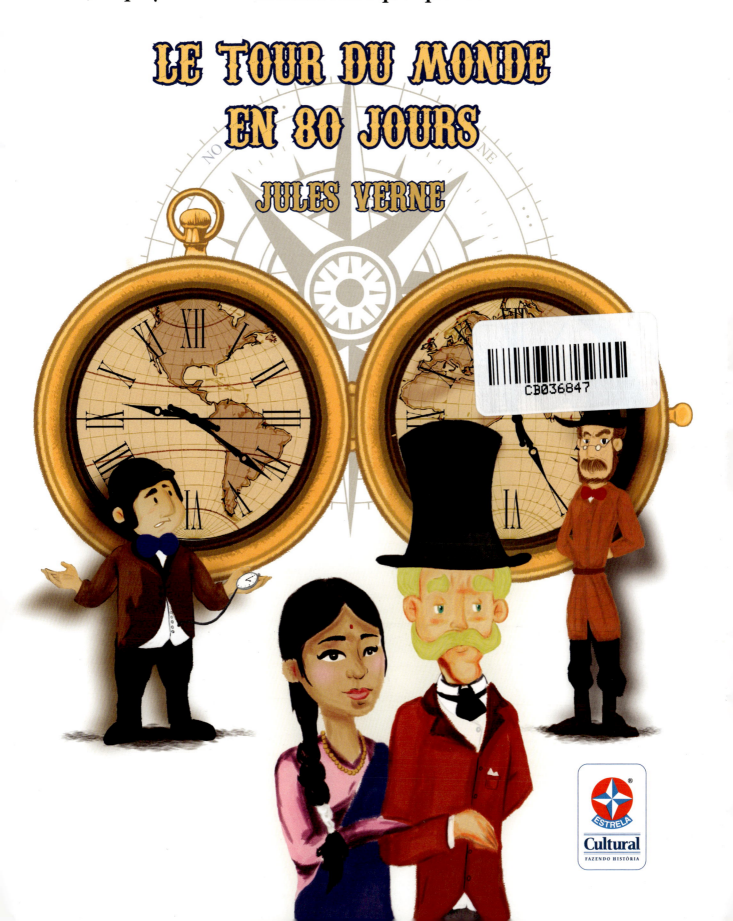

© 2020 – Todos os direitos reservados

GRUPO ESTRELA
PRESIDENTE Carlos Tilkian
DIRETOR DE MARKETING Aires Fernandes

EDITORA ESTRELA CULTURAL
PUBLISHER Beto Junqueyra
EDITORIAL Célia Hirsch
COORDENADORA EDITORIAL Ana Luíza Bassanetto
ILUSTRAÇÕES Danilo Tanaka
PROJETO ARTÍSTICO Ana Luíza Bassanetto
REVISÃO TÉCNICA Felipe Guimarães
REVISÃO DE TEXTO Mariane Genaro,
Luiz Gustavo Micheletti Bazana e Stéphane Chao
VERSÃO FRANCESA Heloisa Albuquerque-Costa

Dados Internacionais de Catalogação na Publicação (CIP)
(Câmara Brasileira do Livro, SP, Brasil)

Junqueyra, Beto
   Le tour du monde en 80 jours/ Jules Verne ; tradução e adaptação Beto Junqueyra ; ilustrações Danilo Tanaka ; versão em francês Heloísa Albuquerque-Costa. — Itapira, SP : Estrela Cultural, 2020.

   Título original: Le tour du monde en quatre-vingts jours
   ISBN 978-65-86059-02-1

   1. Literatura infantojuvenil em francês I. Tanaka, Danilo. II. Título.

20-34142   CDD-028.5

Índices para catálogo sistemático:

1. Literatura infantojuvenil em francês 028.5
2. Literatura juvenil em francês 028.5

Cibele Maria Dias – Bibliotecária – CRB-8/9427

Proibida a reprodução total ou parcial, de nenhuma forma, por nenhum meio, sem a autorização expressa da editora.

1ª edição –Três Pontas, MG – 2021 – IMPRESSO NO BRASIL
Todos os direitos da edição reservados à Editora Estrela Cultural Ltda.

O miolo desse livro é feito de papel certificado FSC® e outras fontes controladas.

Rua Municipal CTP 050
Km 01, Bloco F, Bairro Quatis
CEP 37190000 – Três Pontas/MG
CNPJ: 29.341.467/0002-68
estrelacultural.com.br
estrelacultural@estrela.com.br

Présentation

Le tour du monde en 80 jours est un roman d'aventure écrit par le Français Jules Verne en 1873. L'ouvrage décrit les progrès technologiques de l'époque. En effet, jusqu'à la deuxième moitié du xixème siècle faire le tour du monde était une entreprise très difficile si l'on compare cela à nos jours. Le fait de le réaliser serait au moins une prouesse qui prendrait un temps imprévisible, peut-être un grand nombre de mois. Cependant avec l'apparition des puissants bateaux à vapeur ainsi que la création et l'expansion des voies ferrées qui traversent des territoires comme l'Inde et les Etats-Unis, ceci est devenu possible. Malgré tout, quelqu'un qui dirait que cela serait réalisable en 80 jours, au-delà de tous les défis, pourrait être pris comme un fou. Un anglais excentrique, appelé Phileas Fogg (il faut lire "fileas", nom d'origine grecque) a été mis au défi de le faire par ses amis d'un club de Londres et s'embarque dans cette aventure remplie de suspense. Il est accompagné par le maladroit Passepartout (il faut lire Passpartu, nom français), ce qui rend le récit encore plus amusant. Dans l'adaptation de l'écrivain Beto Junqueyra, illustrée par Danilo Tanaka, le jeune lecteur expérimentera à chaque page cette lutte contre le temps et l'espace faisant la connaissance de différentes cultures dans plusieurs coins du monde.

Phileas Fogg, un homme peu communicatif et très mystérieux

LE 2 OCTOBRE 1872, dans la maison numéro 7 de la rue Saville Row, à Londres, habitait Phileas Fogg. Cet homme peu communicatif, menait une vie d'une routine parfaite. Ses mouvements obéissaient les aiguilles d'une montre. Tout devait être fait d'une manière exacte. Pas une seconde de trop, pas une seconde en moins. Cette rigueur était si grande qui coûta cher à un domestique qui avait préparé une lotion pour raser la barbe de son patron. Il s'était trompé de la température de l'eau, la chauffant à 29° au lieu de 30°. Seulement pour cela, c'est-à-dire, à cause de tout cela, il fut renvoyé et, dans le même jour, remplacé par un jeune Français, appelé Jean Passepartout.

Mais au milieu de tant de précision, la vie de Phileas Fogg était un mystère pour tous. Serait-il un homme riche? Difficile de le nier. Cependant, comment avait-il fait fortune? Personne ne pouvait l'imaginer. Avait-il fait trop de voyages? Probablement, car il connaissait très bien les cartes du monde. Mais, où était-il allé? Impossible de le dire. Avait-il une famille et des amis? On n'en avait jamais entendu parler. Il était membre du Reform Club. Ceci était tout.

Comme tous les jours, Phileas Fogg avait quitté sa maison quand les aiguilles de Big Ben avaient marqué précisément 11h30. Après avoir fait le même chemin, posant cinq cent soixante-quinze fois son pied droit et mettant cinq cent soixante-seize son pied gauche rigoureusement devant son pied droit, le mystérieux gentleman arriva au Reform Club.

5

 Sa routine obéissait à un rituel immuable: assis à la même table au Reform Club, il demanda le même plat et termina son repas ponctuellement à 12h47. Ensuite, il se dirigea au grand salon où il lut deux journaux jusqu'à l'heure du dîner. Finalement, dans le même salon, à 5h40 de l'après-midi, il commença à lire le troisième journal de la journée.

 Phileas Fogg semblait être très attaché à sa montre de poche. Ou était-ce le temps qui ne lui échappait jamais? Pourtant, un évènement inattendu pouvait mettre à l'épreuve toute sa vie tellement méthodique…

Une conversation qui pourra coûter très cher à Phileas Fogg

APRÈS LA LECTURE DU JOURNAL, Phileas Fogg rencontra ses cinq habituels amis de jeu de cartes. Personnages illustres et puissants, ils discutaient du sujet le plus commenté dans tout le pays: l'incroyable vol de cinquante-cinq mille livres à la Banque d'Angleterre.

— Je pense que le voleur ne sera pas arrêté — affirma l'ingénieur Andrew Stuart.

— Il ne pourra pas s'enfuir! — s'opposa Gauthier Ralf, l'un des administrateurs de la banque, qui ajouta:

— Beaucoup d'inspecteurs de police sont déjà à sa poursuite.

— Mais le monde est trop grand! — insista Stuart.

— Il l'était autrefois — contredit Phileas Fogg, à mi-voix.

— Comment? Est-ce que la Terre a diminué, par hasard? — demanda Stuart.

— Sans aucun doute, maintenant il est possible de la parcourir en seulement quatre-vingts jours — répondit Ralf.

— C'est vrai, messieurs — interrompit le banquier John Sullivan. — Quatre-vingts jours, depuis que la voie ferrée entre Rothal et Allahabad, en Inde, a été inaugurée. Regardez les calculs faits par le journal *Morning Chronicle*:

Calcul pour faire le tour du monde en 80 jours

DE LONDRES À SUEZ PAR LE MONT CENIS ET BRINDISI, Chemin de fer et Bateaux	7 JOURS
DE SUEZ À BOMBAIM, Bateau	13 JOURS
DE BOMBAIM À CALCUTÁ, Chemin de fer	3 JOURS
DE CALCUTÁ À HONG KONG, Bateau	13 JOURS
DE HONG KONG À YOKOHAMA, Bateau	6 JOURS
DE YOKOHAMA À SÃO FRANCISCO, Bateau	22 JOURS
DE SÃO FRANCISCO À NEW YORK, Chemin de fer	7 JOURS
DE NEW YORK À LONDRES, Bateau et Chemin de fer	9 JOURS
TOTAL	**80 JOURS**

— Mais nous ne pouvons pas laisser de côté le mauvais temps, les coups de vents contraires, les naufrages et les déraillements de trains — contesta Stuart.

— Non! Tout cela est prévu — insista Phileas Fogg.

— En théorie, Monsieur Fogg, vous avez raison, mais dans la pratique…

— Dans la pratique aussi, Monsieur Stuart.

— Je parie quatre mille livres que cela est impossible! — dit Stuart.

— Et moi, je parie vingt mille livres avec vous que j'arriverai à faire le tour du monde en quatre-vingts jours — contredit Phileas Fogg.

— C'est de la folie! s'écria Sullivan.

— Non, pas du tout. Vous acceptez ce pari?

— Oui, bien sûr! répondirent ses collègues d'une seule voix.

— Alors, je pars dans le train qui va à Dover aujourd'hui, mercredi, à 8h45. Je serai de retour dans ce salon le samedi, le 21 décembre, à 8h45 du soir. Exactement 80 jours après mon départ, pas une seconde de plus.

Avant de quitter le Reform Club, Phileas Fogg joua encore une partie de cartes. Il était 7h25 du soir. Il retourna chez lui au même rythme que d'habitude, il y arriva à 7h50. Après avoir fermé la porte, il ordonna à Passepartout:

— Prenez un sac avec des vêtements pour nous deux parce que nous partons dans dix minutes pour faire le tour du monde.

Passepartout n'avait pas eu le temps d'encaisser la nouvelle et se mit à obéir son maître en préparant immédiatement les valises. Les deux sortirent de la maison à 8h et se dirigèrent vers la borne de taxi. Le jeune Français ne portait qu'une valise de voyage et un sac rempli avec l'argent que Monsieur Fogg utiliserait pour toutes ses dépenses pendant son tour du monde.

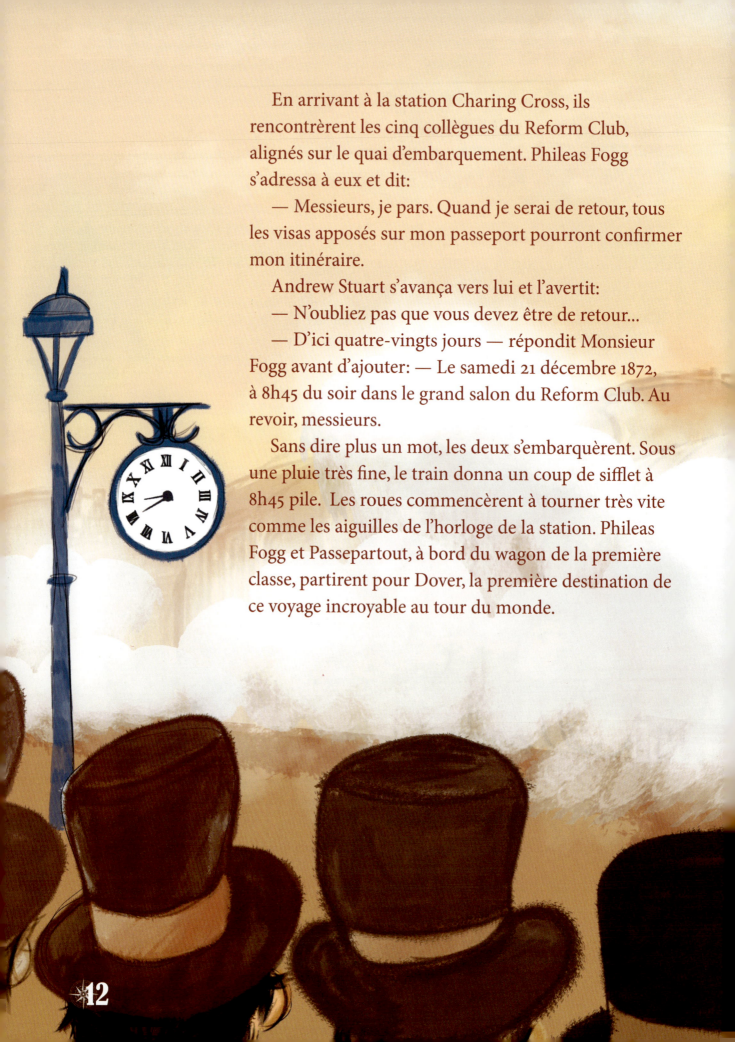

En arrivant à la station Charing Cross, ils rencontrèrent les cinq collègues du Reform Club, alignés sur le quai d'embarquement. Phileas Fogg s'adressa à eux et dit:

— Messieurs, je pars. Quand je serai de retour, tous les visas apposés sur mon passeport pourront confirmer mon itinéraire.

Andrew Stuart s'avança vers lui et l'avertit:

— N'oubliez pas que vous devez être de retour...

— D'ici quatre-vingts jours — répondit Monsieur Fogg avant d'ajouter: — Le samedi 21 décembre 1872, à 8h45 du soir dans le grand salon du Reform Club. Au revoir, messieurs.

Sans dire plus un mot, les deux s'embarquèrent. Sous une pluie très fine, le train donna un coup de sifflet à 8h45 pile. Les roues commencèrent à tourner très vite comme les aiguilles de l'horloge de la station. Phileas Fogg et Passepartout, à bord du wagon de la première classe, partirent pour Dover, la première destination de ce voyage incroyable au tour du monde.

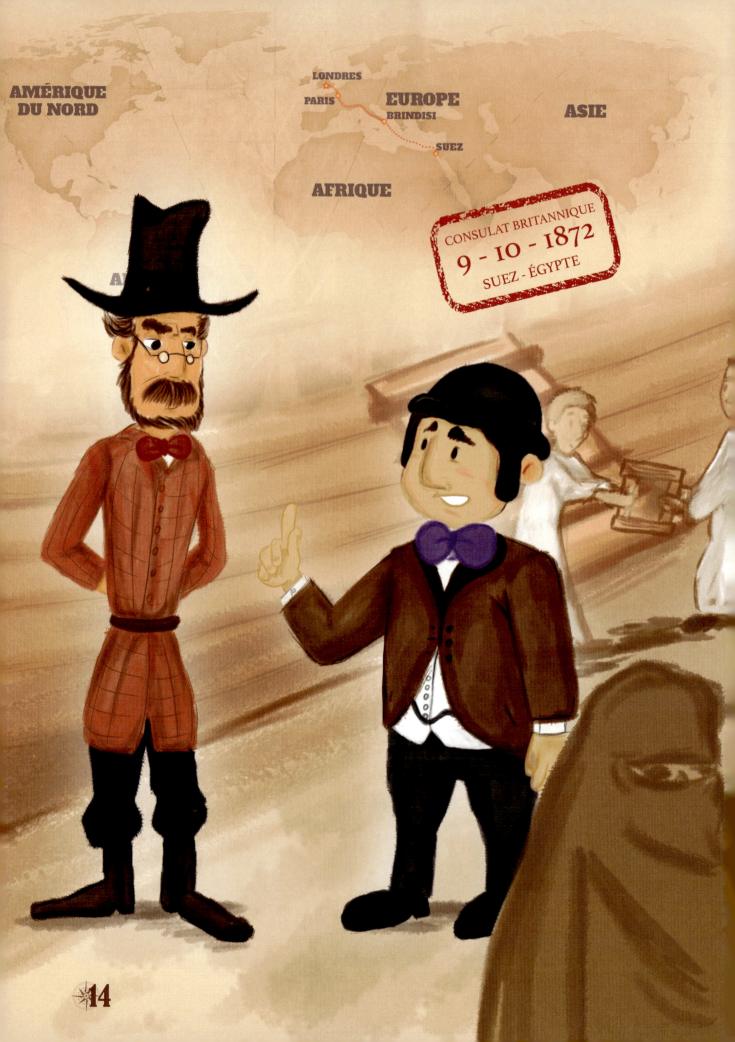

Un inspecteur de police à la poursuite de l'élégant monsieur

LES JOURS PASSAIENT. Le 8 octobre, l'inspecteur de police Fix attendait impatiemment le débarquement des passagers du paquebot *Mongolia*, qui était parti du port italien de Brindisi. Il était l'un des détectives envoyés à travers le monde entier pour arrêter l'auteur du vol de la Banque d'Angleterre. Deux jours avant, Fix avait reçu sa description: il s'agissait d'un monsieur de haute taille, élégant qui portait toujours un chapeau haut-de-forme, et qui avait les cheveux blonds et une longue moustache parfaitement divisée au milieu.

Sa respiration lourde fut finalement étouffée par l'arrivée du paquebot *Mongolia*. Parmi tous les passagers, il y en avait un plus agité qui demanda au policier où se trouvait le bureau du consulat. C'était Passepartout qui avait besoin d'apposer le visa britannique sur le passeport de son maître Phileas Fogg. En regardant la photo du monsieur anglais, Fix lui ordonna de se présenter aux autorités. En fait, Monsieur Fogg ressemblait au suspect du fameux vol. Cependant, pour l'appréhender l'inspecteur Fix avait besoin d'un mandat d'arrêt envoyé par Londres.

Passepartout retourna au paquebot et, peu de temps plus tard, Phileas Fogg entra dans le bureau du consulat. Fix l'attendait à côté du consul qui à son tour lui apposa le cachet sur le passeport anglais et le libéra: il n'y avait aucune raison pour ne pas le laisser continuer son voyage, car ses papiers étaient en règle. L'inspecteur devint furieux mais il ne pouvait rien faire. Etant donné

15

que le mandat d'arrêt n'arriverait pas à temps, Fix ne pouvait pas l'arrêter et il ne dit pas au passager anglais qu'il pouvait être mis en prison.

Suivi de près par Passepartout, Phileas Fogg retourna tranquillement à bord du bateau. Fix, ne voulant pas perdre son suspect de vue, décida de s'embarquer lui aussi à bord du *Mongolia* en partance pour Bombay, l'une des plus grandes villes d'Inde qui appartenait à la Couronne anglaise. Là-bas il attendrait recevoir le mandat pour arrêter cet homme mystérieux qui à ses yeux cherchait à fuir de la police.

Le *Mongolia* fendit, alors, les eaux de la mer Rouge à pleine vapeur. Jusqu'à cette étape-là, Phileas Fogg était en train d'accomplir ce qui avait été programmé. Le temps mis pour aller de Londres à Suez, ville égyptienne, ne lui avait donné ni d'avantages ni désavantages. Tout se passa sans aucun imprévu: le trajet de train de Londres à Dover; la traversée de la Manche en bateau jusqu'au port de Calais et de là jusqu'à Paris; de la capitale française, toujours en train, il avait gagné Turin, au nord de l'Italie, jusqu'au port de Brindisi, à la pointe du talon qui permet donner à ce pays la forme d'une botte; et enfin à bord du *Mongolia*, il avait effectué le trajet d'Europe en Egypte. Tout cela bien conforme à son calcul. Sur le chemin de l'Inde, le paquebot fit une escale à Aden, au sud de la péninsule arabique, pour se réapprovisionner en charbon.

Passepartout rencontra l'inspecteur Fix à bord, sans se rendre compte que le policier était à la poursuite de son maître. L'inspecteur cherchait des informations sur les intentions du gentleman anglais et se méfia quand Passepartout lui raconta que Monsieur Fogg l'avait soudainement appelé pour faire ce voyage au tour du monde à cause d'un pari que son maître avait fait. Ses soupçons se confirmèrent encore plus quand le Français lui dit qu'il portait un sac rempli de bank-notes toutes neuves de la Banque d'Angleterre pour payer les dépenses de ce long voyage. L'idée lui paraissait une folie, mais il obéissait aux ordres de son maître. Et il ne savait rien de plus sur ce sujet. Et il ne voulait pas en savoir. Pour lui, qui ne connaissait rien en dehors de l'Europe, tout cela était devenu une grande aventure.

AMÉRIQUE NORD

EUROPE
LONDRES
PARIS
BRINDISI
SUEZ

ASIE

AFRIQUE

BOMBAY

ADEN

AMÉRIQUE DU SUD

OCEAN

PROTECTORAT D'ADEN
14 - 10 - 1872
CONSULAT BRITANNIQUE

4 Les bons vents pour Monsieur Fogg

LA MER AIDA PHILEAS FOG: le *Mongólia* avança rapidement dans les courants de l'Océan Indien et il arriva à Bombay le 20 octobre deux jours en avance par rapport à ce qui avait été prévu.

Phileas Fogg n'envisageait pas de visiter les beautés de la ville. Pas plus que ses forteresses, sa magnifique bibliothèque, ses marchés animés, ses bazars, ses mosquées, ses synagogues et ses églises arméniennes. Sur le sol hindou, il se dirigea immédiatement vers le consulat britannique. Encore un visa pour confirmer ses pas autour du monde. Pour sa part, l'inspecteur Fix était déçu quand il découvrit que le mandat d'arrêt n'était pas encore arrivé. Fautes d'autres options, il décida de continuer à suivre de près l'imperturbable gentleman anglais.

Pendant que tout cela se passait, l'intenable Passepartout ne résistait pas à s'aventurier dans les rues de Bombay. Sa curiosité le mena jusqu'à la splendide pagode de Malabar Hill où il entra sans faire aucune attention aux mœurs locales. Le jeune Français ne savait pas que l'accès à ces temples était interdit aux étrangers. Sa présence dans ce lieu sacré souleva la haine de quelques habitués. Le vigoureux Français dut montrer sa force et son agilité sortant de là en toute hâte, poursuivi par quelques fidèles exaltés. Dans sa fuite, il perdit ses chaussures, ce qui lui couterait très cher par la suite…

Quelques minutes plus tard, la locomotive lança un vigoureux sifflet et disparut dans la nuit vers Calcutá qui se trouvait de l'autre côté de l'Inde. A bord, Passepartout rencontra, déjà installé, Phileas Fogg et près de lui un compagnon de voyage toujours plus gênant: l'inspecteur Fix.

5
Des événements inattendus dans les fôrets d'Inde

LE VOYAGE EN TRAIN SE DÉROULA BIEN SANS AUCUN INCIDENT. Ils passèrent par les montagnes des Gates et par la région relativement pleine de Khandeish et s'arrêtèrent à Burhampur pour le déjeuner. La locomotive avançait rapidement tout au long de son chemin, lançant sa fumée qui dessinait des spirales dans le paysage. Les palmiers saluaient les voyageurs, se balançant entre des pittoresques bungalows et temples magnifiques. Cependant, en arrivant à la station de Rothal, après une journée de voyage, ils reçurent une nouvelle surprenante.

— Les voyageurs débarquent ici! — ordonna le conducteur.

Les passagers n'avaient pas eu le temps de se plaindre. Le machiniste expliqua que le tronçon entre cette région et Allahabad n'était pas près. Les journaux européens avaient donné une information erronée! Ceux qui voulaient aller jusqu'à Calcutá et ainsi compléter le voyage jusqu'à l'est de l'Inde devraient passer par la forêt en utilisant un autre moyen de transport.

Le calme gentleman anglais ne se décourageait jamais, car il savait que les deux jours d'avance acquis lors des étapes précédentes servaient justement à faire face aux contretemps qui pouvaient survenir pendant le voyage. La solution pour arriver à Allahabad ne tarderait pas à venir. Passepartout, encore à pieds nus, alors qu'il était parti pour acheter des chaussures trouva plus qu'une belle paire de pantoufles en cuir. Le domestique découvrit un moyen de transport inattendu: rien de plus, rien de moins qu'"à bord" d'un éléphant!

Monsieur Fogg recruta un guide hindou qui connaissait bien les raccourcis de la région et, en peu de temps, ils s'enfoncèrent dans la forêt indienne. Phileas Fogg s'installa dans la partie arrière d'un cacolet. Dans la partie de devant, ils placèrent leurs bagages. Passepartout se mit sur les valises, derrière le guide, qui les conduisit dans l'épaisse forêt.

La marche du pachyderme se déroulait sans surprise, pendant que Passepartout faisait des sobresaults comme s'il était sur un tremplin d'un cirque. Des singes observaient la scène en faisant des grimaces. Ils paraissaient se moquer du Français et de ses folles "acrobaties".

Ils parcoururent un long chemin de l'épaisse forêt qui ressemblait à un tunnel vert où l'on ne pouvait pas distinguer s'il faisait jour ou nuit. Soudain, ils écoutèrent un bruit qui n'appartenait pas à la symphonie de la forêt. Le son qui se répandait dans les arbres semblait venir dans leur direction et se transforma dans un rythme effrayant qui fit s'arrêter l'animal. Quelques minutes après, ils assistèrent à une procession d'une secte de fanatiques qui marchaient en criant au son des tambours. Des hommes armés de lances emportaient une belle femme, couverte de bijoux habillée d'une tunique lamée d'or. Elle semblait être inconsciente. Le guide qui connaissait bien les barbaries de cette secte cacha l'éléphant entre les plantes et murmura aux deux passagers:

— Ceci est un rituel de sacrifice humain. L'histoire de cette femme est un sujet fort commenté ici. Elle s'appelle Madame Alda et doit être brulée vivante, à côté du cadavre de son mari, le rajah mort depuis seulement quelques jours. Le sacrifice aura lieu demain, aux premiers rayons de soleil.

— Nous devons la sauver — dit Phileas Fogg, sans perdre son calme, après avoir consulté sa montre de poche. — J'ai encore douze heures d'avance.

6 Un enlèvement surprenant et dangereux

APRÈS QUELQUES HEURES MONSIEUR FOGG, Passepartout et le guide essayèrent d'entrer dans le temple pour sauver la jeune hindoue, mais beaucoup de gardiens surveillaient la veuve du rajah. Il n'y avait rien à faire. Monsieur Fogg considéra même la possibilité de marcher sur le temple avec son éléphant pour l'enlever. Mais comment? Pendant qu'il retournait avec le guide jusqu'à l'endroit où ils avaient laissé l'animal, Passepartout disparut.

Le son des tam-tams annonça le début de la cérémonie. La jeune hindoue fut emmenée jusqu'au bûcher pour être brulée à côté du cadavre de son mari. Un gardien alluma la torche pour enflammer le bois. Soudain, pour l'épouvante de tout le monde, le cadavre se leva, prit la jeune femme et courut vers l'éléphant. Les fanatiques, effrayés, pensaient qu'il s'agissait d'une divinité puissante, ils se couchèrent par terre et n'osèrent pas lever la tête. En se rapprochant de l'animal, cette divinité, qui portait les vêtements du rajah ressuscité annonça:

— Filons! dit-il.

La bizarre image se dévoila bientôt devant Monsieur Fogg et le guide. C'était Passepartout habillé en rajah.

Il sauta avec la jeune femme, encore évanouie, dans la partie arrière du cacolet.

— Comment avez-vous fait cela? — demanda le guide hindou tout effrayé.

— J'ai dû cacher le cadavre et, habillé en rajah, j'ai fait semblant d'être mort à côté de la jeu...

Il ne put pas terminer de raconter son histoire parce que sa manouvre venait d'être découverte par les fanatiques qui partirent en direction de l'éléphant avec des cris effrayants. Sous des coups de feu et les flèches, le groupe, à bord du courageux pachyderme disparut dans la forêt.

Après beaucoup de secousses, mais sans d'autre frayeur, ils arrivèrent à Allahabad où ils prirent le train jusqu'à Calcutá. Madame Alda petit à petit commençait à reprendre connaissance. Pour la protéger contre une probable vengeance de la part des fanatiques religieux, Phileas Fogg persuada la belle hindoue à les accompagner jusqu'à Hong Kong. La jeune leur raconta que sa famille habitait dans cette ville de la côte chinoise et qui appartenait aussi à la Couronne anglaise.

7 Devant un tribunal à Calcutá

Après être passé par la ville religieuse de Bénarès et s'être enfoncé dans la vallée sacrée du fleuve Ganges, le train arriva à Calcutá. Il était 7h pile du matin du 25 octobre, vingt-trois jours après le départ de Londres. Phileas Fogg était dans le délai prévu. Pas de gains, pas de pertes. En descendant du wagon, un terrible imprévu survint: Passepartout et Monsieur Fogg furent arrêtés par un policier! L'accusation: étant donné que le domestique était entré dans un temple hindou à Bombay, ce qui était interdit, il devait se présenter devant un juge et son maître aussi! En fait, Phileas Fogg était le responsable du mauvais comportement de son domestique français.

La raison pour laquelle ils devraient se présenter aux autorités locales était affaire de l'inspecteur Fix. Comme Calcutá était une terre anglaise, et qu'il avait bon espoir de recevoir le mandat dans peu de jours, il pourrait finalement arrêter le voleur. Il devait au moins retarder Monsieur Fogg. Pendant que le gentleman anglais était occupé à enlever la jeune veuve, Fix avait eu le temps de convaincre les prêtres hindous de le dénoncer pour pouvoir probablement l'arrêter à Calcutá. La preuve décisive: les chaussures que Passepartout avaient laissées en s'enfuyant du temple!

Arriveraient-ils à se débarrasser des accusations? Auraient-ils le temps de prendre le paquebot qui était sur le point de partir pour Hong Kong? Ou serait-il là le point final des prétentions de Phileas Fogg?

Devant le tribunal hindou, après avoir été condamnés selon les lois locales, Monsieur Fogg dut payer une bonne somme d'argent de caution pour qu'ils soient libérés.

C'est ainsi qu'ils arrivèrent à temps au port pour prendre le paquebot à vapeur *Rangoon*. Comme le mandat de prison n'était pas dans les mains de Fix, celui-ci dut se résoudre à poursuivre le gentleman de la forme la plus discrète possible. Mais...

Une heure plus tard, à 12h du 25 octobre, le paquebot anglais, construit en fer et mû par une hélice partait pour Hong Kong. Phileas Fogg n'était pas en avance ni en retard. Il continuait, pour l'instant, maître des heures, des minutes et des secondes. Et, à ses côtés, frappant si fort comme les aiguilles de sa montre, était le cœur d'une belle et jeune femme hindoue.

Des incertitudes sur mer et sur terre menacent les plans de Phileas Fogg

LE *RANGOON* AVANÇA VIGOUREUSEMENT À TRAVERS LES EAUX DE L'OCÉAN INDIEN pour faire une escale rapide à Singapore, juste pour se réapprovisionner en charbon. À bord, l'inspecteur Fix se cachait pour ne pas être vu par Monsieur Fogg et Passepartout. De la fenêtre de sa cabine il ne voyait qu'une mer de doutes: Qu'est-ce qu'une femme faisait aux côtés dususpect? Le gentleman anglais était-il allé en Inde pour la chercher? Y aurait-il une conspiration dans l'air? Il était impatient d'arriver à Hong Kong. Dans ce port, qui faisait partie des territoires anglais, il pourrait avoir son mandat et, finalement, arrêter l'excentrique anglais.

Monsieur Fogg ne figurait pas qu'un policier le poursuivait sous l'accusation d'être le principal suspect du vol de la Banque d'Angleterre. Pendant tout cela, Madame Alda prit connaissance des habitudes et des objectifs de l'homme qui était à la tête de son enlèvement pour lui sauver sa vie.

Mais pendant qu'ils naviguèrent en haute mer, Passepartout finit par se heurter à l'inspecteur Fix. L'agent de police anglais profita de cette rencontre inattendue pour l'avertir sur la possible raison du voyage de son maître. Le Français ne crut pas à l'accusation et ne tarda pas à prendre sa propre conclusion: l'inspecteur devait être au service des membres du Reform Club qui lui auraient demandé de suivre son maître pour vérifier s'il ne trichait pas pour gagner le pari!

31

ASIE
EUROPE
BRINDISI
SUEZ
CALCUTÁ
ADEN
BOMBAY
SINGAPOUR
OCEANIE
AMÉRIQUE DU SUD

SINGAPOUR
31 - 10 - 1872

RANGOON

32

Une demi-journée d'avance, selon les calculs de Phileas Fogg et le *Rangoon* relâcha à Singapore. C'était encore le 31 octobre. La montre était en sa faveur. Ainsi, il en profita pour emmener Madame Alda à une promenade sur l'île dans une calèche tirée par des chevaux. Le paysage, encadré des palmiers, était embelli avec des champs fleuris de girofliers qui semblaient réfléchir la beauté de la jeune femme.

À 11h, le *Rangoon*, rempli de provisions de charbon larguait ses amarres et partait vers Hong Kong. Le paquebot naviguait si rapidement que quelques heures après ses passagers perdaient de vue les montagnes de Malacca où vivent les tigres les plus beaux de la planète.

La mer commença à changer d'humeur. Elle était soit furieuse encadré des tempêtes soit calme sans qu'aucun coup de vent puisse faire avancer le *Rangoon*. Ainsi, ils n'arrivèrent à Hong Kong qu'un jour après la date prévue: le 6 novembre!

Par chance, le paquebot qui devrait les emmener à la prochaine escale était en retard. En fait, le bateau à vapeur *Carnatic* était en réparation et son nouveau départ était estimé pour le lendemain matin.

Monsieur Fogg n'avait eu le temps que de débarquer pour aller chercher les parents de Madame Alda. En visitant le centre commercial de la ville il apprit que le cousin qu'elle avait l'intention de rencontrer avait déménagé depuis longtemps. Il était parti pour la Hollande. Sans plus rien à faire, Monsieur Fogg invita la jeune femme hindoue à l'accompagner jusqu'en Europe.

— Je ne voudrais pas abuser, Monsieur Fogg! — dit la jeune femme, un peu embarrassée.

— Votre présence ne perturbe pas mon programme — répondit froidement Phileas Fogg.

Madame Alda était de plus en plus enchantée par la détermination de Phileas Fogg et accepta sa sincère invitation à continuer dans cette incroyable aventure.

Hong Kong était peut-être la dernière grande occasion pour Fix d'arrêter Monsieur Fogg pendant son suspect voyage au tour du monde. En fait, dorénavant, ils ne seraient plus sur le sol britannique. Ainsi, Fix ne pourrait l'arrêter qu'à son retour en Angleterre. Mais avait-il l'intention de retourner à Londres? Fix ne voulait pas prendre ce risque. Etant donné que son mandat n'arrivait pas, il décida de retarder le voyage du gentleman et pour le faire, il résolut de distraire Passepartout. L'inspecteur l'invita à un festival de nouveautés, de lumières et de couleurs.

C'est alors qu'il se rendit compte, qu'il était tout seul, perdu dans un labyrinthe de petites rues. Plus il marchait, plus étourdi il se sentait. Arriverait-il à retourner à l'heure pour le départ du bateau?

Le lendemain, le 7 novembre, Monsieur Fogg arriva au port pour s'embarquer dans le *Carnatic* et il eut une terrible surprise: l'embarcation avait terminé la réparation avant le délai prévu et était déjà partie vers le Japon. Pire encore, Passepartout n'était pas sur le quai. Que lui était-il arrivé? Avait-il disparu dans la ville ou avait-il embarqué dans le navire: son voyage au tour du monde en quatre-vingts jours serait-il en danger?

Manoeuvres dangereuses en Orient

MÊME SANS S'ÊTRE EMBARQUÉ DANS LE *CARNATIC*, le bateau qui les emmènerait à Yokohama et sans aucune nouvelle de Passepartout, Monsieur Fogg ne se départi pas de sa sérénité. Il marcha sur le port jusqu'à trouver un moyen de transport qui lui permettrait de faire ce trajet-là. Il avait besoin d'arriver à temps à Yokohama pour monter à bord du *General-Grant*, le bateau à vapeur qui traverserait l'océan Pacifique en direction des Etats-Unis.

L'inspecteur Fix suivait ses pas de près et tenait à ce que Monsieur Fogg prit du retard. Mais les bons vents se remirent à souffler en faveur de l'obstiné gentleman. En descendant sur le quai, il croisa le propriétaire d'un bateau à voile et lui demanda:

— Connaissez-vous un moyen de transport qui pourrait m'emmener à Yokohama, au Japon au plus tard le 14 novembre? Il faut que j'y sois pour prendre le bateau pour San Francisco.

— Non! Et ce serait un trajet très dangereux pour ma précieuse *Tankadère*! — répondit le vieux loup de mer et il ajouta: Mais je peux aller à Shanghai sur la côte chinoise. En plus d'être une traversée plus sûre, c'est de là que le paquebot américain commence son voyage. C'est seulement après qu'il arrive à Yokohama.

— Très bien! Alors, marché conclu.

Il était 3h10 de l'après-midi du 7 novembre quand les voiles furent hissées et le courageux bateau à voile qui semblait participer à une course quitta Hong Kong. A bord, Monsieur Fogg, Madame Alda et l'infatigable Fix s'installèrent. Pour ne pas perdre son suspect de vue, l'inspecteur avait accepté l'invitation à voyager sur la côte, sans que Phileas Fogg puisse se méfier de ses intentions. Monsieur Fogg avait bon espoir de rencontrer Passepartout lors de sa prochaine escale.

La mer ne tarda pas à se déchaîner. La tempête était plus forte dans la nuit. Le *Tankadère* luttait courageusement contre les vagues hautes et menaçantes. Les aiguilles de la montre paraissaient aussi vouloir se révolter, comme si elles tournaient plus vite. Quatre jours de mer agitée se passèrent. Le 11 novembre près du port de Shanghai, un bateau se profila à l'horizon comme s'il annonçait que les plans de Phileas Fogg étaient en train de s'évanouir: le *General-Grant* venait de partir vers l'Amérique!

— Drapeau à mi-mât! Feu! — ordonna Monsieur Fogg, sans perdre de temps.

Le bruit causé par le petit canon fut écouté à des kilomètres de distance. Monsieur Fogg savait que, selon les lois maritimes, ces signaux de feu servaient à demander du secours à une autre embarcation. C'était comme s'ils étaient en situation d'émergence et d'une certaine manière, tel était le cas du gentleman Phileas Fogg et de son incroyable voyage autour de la Terre.

Le plan marcha bien: quelques minutes plus tard, après avoir été sauvés du bateau à voile, les trois étaient bien installés dans le paquebot à vapeur américain qui naviguait pour arriver à San Francisco, après une escale à Yokohama. Fix ne se séparait pas de Phileas Fogg qui continuait à régner sur le temps, comme si les heures, les minutes et les secondes lui obéissaient.

Après un long voyage sans incident, en arrivant au port japonais, Monsieur Fogg et Madame Alda débarquèrent pour essayer de découvrir où était Passepartout. Etait-il resté à Hong Kong ou avait-il réussi à prendre le *Carnatic*? En s'adressant aux autorités locales, ils reçurent une bonne nouvelle: le nom du Français était sur la liste de passagers! Mais comme il n'était pas à bord, Phileas Fogg décida d'aller le chercher au consulat français et dans les rues de la ville. Tout fut en vain. Aucun signe de Passepartout.

Sans plus rien à faire, ils reprirent le chemin vers le port. Cependant, avant de s'embarquer avec Madame Alda, le hasard les emmena à voir un spectacle en face du *General-Grant* où ils assistèrent à un grand numéro d'acrobaties: des hommes qui paraissaient des cartes à jouer, avec leur long nez et leurs ailes, formaient une pyramide.

Le public enthousiaste applaudissait au moment où, au son des tambours, la pyramide s'ébranla. Ce n'était pas pour rien! L'un des longs-nez sauta devant tous en poussant des cris...

— Mon maître! Mon maître!

Monsieur Fogg et Madame Alda reconnurent immédiatement Passepartout pendant que dizaines de longs-nez tombaient de tous les côtés comme si c'était un château de cartes qui s'ébranlait. Plus tard ils comprirent ce qui s'était passé avec Passepartout: en arrivant au Japon à bord du *Carnatic*, il avait cherché un emploi pour avoir de l'argent pour ainsi trouver un moyen de voyager dans le *General-Grant* dans l'espoir de rencontrer son maître et Madame Alda. Comme il était un expert en acrobaties, il fut embauché. Toutefois, au moment le plus important du spectacle, il tomba du haut de la pyramide presque sur les genoux de son maître.

C'était le 14 novembre quand le trio s'embarquait dans le majestueux bateau à vapeur américain. Sans qu'ils s'en rendent compte, un autre passager s'était installé à bord: l'infatigable inspecteur Fix.

10 La traversée de l'Amérique, une longue aventure sur les chemins de fer

MALGRÉ L'IMMENSITÉ DU PLUS GRAND DES OCÉANS, le Pacifique justifiait son nom: le *General-Grant* fit la longue traversée de presque trois semaines sans aucun imprévu. Ayant parcouru plus de la moitié du tour du monde, Phileas Fogg arrivait le 3 décembre à San Francisco, sur la côte ouest américaine sans un seul jour de retard d'après ses calculs.

A 7h du matin, quand ils arrivèrent en Californie, Passepartout fit encore une autre maladresse. Il était très excité d'être arrivé dans un autre continent, il ne résista pas et fit une pirouette sur le sol du port. Par malchance, le sol était pourri et le bois s'effondra sous son poids. L'acrobatie bientôt se transforma dans une présentation d'un clown maladroit!

Après trop de jours en mer, maintenant ils avaient un long chemin devant eux: pour arriver à New York ils devaient traverser les Etats-Unis, une longue aventure sur les chemins de fer. Comme le train pour cette nouvelle étape ne partirait que le soir, ils avaient le temps de se promener et apprécier la ville de San Francisco. Ils étaient étonnés de voir les rues larges, les maisons basses, précisément alignées, les curieux tramways poussés par des chevaux, les entrepôts géants qui paraissaient des palais et les trottoirs bondés de gens de tous les coins du monde.

Monsieur Fogg se dirigea vers consulat pour viser son passeport et là-bas il rencontra Fix. N'importe qui trouverait bizarre la présence de l'inspecteur mais Phileas Fogg n'eut aucune réaction. Même pas un clin d'œil. Par contre, l'inspecteur faisant semblant d'être surpris de les rencontrer leur proposa de les accompagner encore une fois. En fait, comme ils étaient dans un territoire non britannique, ce serait encore plus difficile d'arrêter cet homme qu'il pensait être un célèbre voleur. Il fallait s'assurer que Monsieur Fogg, en fait, pouvait retourner en Angleterre. Pour sa part, Passepartout voulait frapper l'inspecteur parce que c'était Fix le responsable de ce qui se passa avec lui à Hong Kong. Fix l'avait mis au milieu d'un labyrinthe et après l'avait laissé là-bas tout seul. Toutefois, craignant de causer des problèmes à son maître, il décida de ne rien faire.

Il était 5h45 de l'après-midi quand ils arrivèrent au quai de la station Oakland, point de départ d'une longue aventure à l'intérieur du pays. Exactement quinze minutes plus tard, la locomotive fit retenir un sifflet étourdissant et partit vers l'est. "D'Océan à Océan" c'était le nom de la voie ferrée d'environ six milles kilomètres qui reliait un point à l'autre des Etats-Unis de l'Amérique. Dans un passé non distant, pour aller d'une côte à l'autre, l'on prenait au moins six mois. Maintenant, en train, dans un trajet

divisé en trois étapes, il en suffisait de sept jours. Ce délai était bien à Monsieur Fogg: il aurait le temps d'arriver à New York et de prendre le bateau qui l'emmènerait à Liverpool, le 11 décembre.

La locomotive prit son cours par la voie ferrée vers Ogden, dans l'Etat d'Utah, le premier des trois tronçons à être parcourus. Le train serpentait le long des flancs des montagnes. Parfois, il passait au bord des précipices, mais il ne perdait pas sa force, mêlant ses sifflements et ses mugissements aux bruits des chutes d'eaux et des fleuves puissants.

Soudain, un autre mugissement venu du dehors attira l'attention des passagers. D'ailleurs, il n'en était pas un, mais de nombreux mugissements. Oui, des milliers de bisons, peut-être dix milles, suivaient le déplacement du train qui, des minutes après, s'arrêta. Ils étaient dans les prairies de l'Etat de Nevada où les ruminants arrivaient à former de vrais chaînes mouvantes qui pouvaient bloquer les voies ferrées. Et justement ce jour-là une de ces chaînes de bœufs bloqua la route de Monsieur Fogg.

De la fenêtre de son wagon, Passepartout qui était de plus en plus engagé dans l'aventure de son maître assistait impatiemment à tout. Intenable, le Français disait des gros mots aux animaux, aux Etats-Unis et au machiniste qui conduisait la locomotive:

— Quel est donc ce pays où les animaux bloquent les machines? Pourquoi le conducteur n'avance pas vers eux? Quelle perte de temps!

De son siège, Phileas Fogg attendait calmement le défilé des bisons qui paraissait ne plus finir et pouvait porter préjudice à ses plans. Il ne se fâchait pas. Mais arriverait-il à récupérer ce long retard jusqu'à New York? Les bateaux pouvaient être aidés par des coups de vents favorables. Les trains, non. Y-aurait-il un autre moyen d'accélérer le train et gagner du temps?

11 La neige pouvait congéler les plans de Phileas Fogg

APRÈS TROIS FATIGANTES HEURES D'ATTENTE, le train reprit le voyage dans la nuit. Le lendemain, le 6 décembre ils descendirent à la station Ogden où ils en profitèrent pour se promener. Le départ pour Omaha dans le cœur du pays et destination du deuxième trajet de la longue traversée par les Etats-Unis ne pourrait être fait qu'en fin d'après-midi. Ogden avait le même style que les autres villes américaines et ressemblait à un grand jeu d'échecs avec ses longues lignes droites. Fix faisant semblant d'être un vrai camarade d'aventure marchait tout près de Phileas Fogg.

La traversée par l'Etat d'Utah se déroula sans incident. Même la neige ne retardait pas la marche de la locomotive. Mais, soudain, elle s'arrêta. Maintenant, ce n'était pas les animaux qui les empêchaient de continuer...

— On ne peut pas passer! Le pont Medicine Bow est endommagé et ne pourra pas supporter le poids du train — annonça le garde-voie.

Il fallait faire le chemin à pied jusqu'à la prochaine station ce qui signifiait marcher pendant six heures dans la neige! La nouvelle laissa beaucoup de passagers révoltés et tout d'un coup on entendait des cris tout au long de la voie ferrée jusqu'au moment où...

— J'ai une solution! — dit le machiniste. — Si la locomotive et ses wagons prennent une bonne distance et démarrent en haute vitesse nous avons la possibilité de

croiser le pont. Je crois que la vitesse pourra compenser le poids car elle diminue la pression sur la structure abîmée.

Les craintes des passagers sur le danger de cette folle suggestion diminuaient dans la mesure où augmentait le désir de quitter ce lieu froid et d'atteindre la destination de chacun. Tous retournèrent à leurs sièges, la locomotive recula deux kilomètres et ainsi comme un taureau enragé démarra atteignant une vitesse de cent cinquante kilomètres à l'heure! Comme un éclair, le train fut d'une marge à l'autre du fleuve et ne s'arrêta que huit kilomètres plus loin. Cependant, dès que le dernier wagon passa par le pont, il tomba en morceaux dans les courants du fleuve Medicine Bow.

Les sursauts ne termineraient pas là. Au contraire, ils se succèderaient et accompagneraient les voyageurs par les chemins de fer de l'Etat de Nebraska. Le plus grand parmi eux fut l'effrayant attaque de bandits qui voulaient voler la cargaison du train et les affaires personnelles des passagers. Montés sur des chevaux, ils venaient en groupes par les deux côtés de la voie ferrée et essayèrent de monter dans les wagons en mouvement. Sous les tirs de fusils et une pluie de pierres, la locomotive courageuse arriva à reprendre son chemin. Cependant, plusieurs passagers étaient blessés et les compositions du train étaient abîmées ce qui fit le machiniste s'arrêter à Fort Kearney.

Par chance, Phileas Fogg et ses compagnons de voyage n'avaient pas été blessés. Les plans du gentleman anglais auraient été gravement contrariés avec tous ces contretemps, il n'y avait qu'un train pour les conduire à Omaha le lendemain!

Etant donné le retard de vingt heures, Phileas Fogg ne savait pas comment ils pourraient arriver à New York à temps pour prendre le bateau en partance pour l'Angleterre. Il ne savait même pas comment aller à Omaha! Il était paralysé au milieu du voyage. Madame Alda était inconsolable. Passepartout aussi craignait le destin de son maître. La neige ne fondait pas. Les vents soufflaient avec force. Toutefois, c'était ces vents-là qui pourraient sauvegarder les plans du calme gentleman anglais. Fix qui voulait arriver à Londres le plus tôt possible pour arrêter son suspect vint avec une solution surprenante. Quand les locomotives ne pouvaient pas passer avec leurs wagons à cause des voies congelées, l'invention très bizarre d'un moyen de transport par un habitant de Fort Kearney appelé Mudge était la solution: un traîneau à voile.

Monsieur Fogg rapidement conclut le marché avec le propriétaire du curieux véhicule et, quelques minutes plus tard, ils quittèrent la petite station qui se trouvait à côté du fort. Les prairies étaient comme un énorme tapis de glace où le traîneau glissait aisément conduit par l'agile pilote. Pas même les loups affamés du chemin qui courraient égarés derrière le véhicule ne pouvaient l'atteindre. Finalement, ils arrivèrent à Omaha. Là-bas ils n'avaient eu que le temps de se lancer dans le wagon du train en mouvement qui les emmènerait jusqu'à Chicago.

Le lendemain, le 10 décembre, à 4h de l'après-midi, après avoir traversé l'Etat de l'Iowa à une vitesse impressionnante, ils se retrouvaient dans la gigantesque station de train de la principale ville de l'Etat d'Illinois. De Chicago vers tous les coins du monde il y avait des lignes et à cause de cela, Monsieur Fogg n'eut pas de problèmes pour faire une correspondance dans une station dont la destination immédiate serait vers New York.

La puissante locomotive, comme si elle connaissait la hâte de son passager illustre traversa comme un rayon les états d'Indiana, Ohio, Pennsylvanie et New Jersey. Il était tard dans la nuit du 11 décembre quand ils repérèrent de loin le fleuve Hudson qui contournait la célèbre ville des Etats-Unis. À 11h45 ils arrivèrent à New York en face du quai d'où partaient les embarcations vers l'Europe. Mais….

Le bateau à vapeur *China* était parti vers Liverpool il y avait quarante-cinq minutes!

12 L'émouvante traversée de l'océan Atlantique

LE BATEAU *CHINA* SEMBLAIT avoir emporté avec lui les derniers espoirs de Phileas Fogg. En effet, il n'y avait aucun bateau de passagers pour l'Europe les heures suivantes. Le temps paraissait s'être retourné contre lui qui sans aucun signe de préoccupation décida d'avoir seulement une bonne nuit de sommeil dans un hôtel.

Le lendemain matin, Monsieur Fogg sortit seul vers le port. Il était 7h du 12 décembre. Le 21, à 8h45 du soir il devrait être de l'autre côté de l'océan Atlantique plus précisément au Reform Club, à Londres. Il ne restait donc, que neuf jours, treize heures et quarante-cinq minutes pour y arriver. S'il s'était embarqué dans le *China* il aurait eu toutes les conditions d'arriver à l'heure prévue. Les tic-tac des aiguilles de la montre ne le soulageaient pas et étaient étouffées par le sifflet d'un bateau de charge qui était en train de partir. Son nom: *Henrietta*. Destination: Bordeaux, en France. Son capitaine appelé Speedy faisait les derniers préparatifs avant de partir.

Après une négociation qui n'en finissait plus, Phileas Fogg s'était mis d'accord avec le capitaine Speedy qui l'emmenerait... En France! Tiens, la France? Mais ne devraient-ils pas partir pour l'Angleterre? Celle-ci fut la question qui tourmenterait pendant quelques heures le trio qui accompagnait le téméraire membre du Reform Club. Il ne tarderait pas pour qu'ils comprennent quels étaient ses plans.

Il était 9h c'est-à-dire peu de temps après la

négociation quand Monsieur Fogg, Madame Alda, Passepartout et l'inspecteur Fix se trouvaient déjà dans les modestes installations de l'*Henrietta*.

Le voyage et l'océan imprévisible promettaient des rebondissements. Le lendemain matin, le premier eut lieu. Devinez qui était sur le pont du bateau, comme le nouveau capitaine….

Phileas Fogg en personne! La nouvelle destination: Liverpool! Le capitaine Speedy avait été enfermé à clé dans une cabine et de là on ne pouvait entendre que ses hurlements et ses gros mots. L'équipage, qui en avait assez des mauvais traitements inflingés par le vieux marin obéissait désormais l'obstiné gentleman anglais.

Les premiers jours de la traversée de l'océan Atlantique se passèrent tranquillement. Tout était conforme aux plans du froid et calculateur gentlemen anglais. Fix ne comprenait plus rien et il ne lui en restait qu'attendre. De son côté, Madame Alda était de plus en plus enchantée par les bravoures de Monsieur Fogg. Et Passepartout, lui, s'intégra à l'équipage des insurgés les aidant aux tâches ménagères à bord de l'*Henrietta*.

A partir du 13 décembre, en passant par la Terra Nova, l'océan se réveilla et fit signe de révolte. Un orage interminable retarda l'*Henrietta* qui dut serrer les voiles pour avancer seulement avec la force des moteurs à charbon. Cependant, pour faire face aux hautes vagues et continuer avec toute sa force, le bateau avait besoin de plus de combustible. En peu de temps, le précieux charbon fut épuisé.

Le capitaine n'avait pas d'autres choix que de brûler tout ce qui était à bord pour faire du charbon: armoires, lits, tonneaux, rideaux, parois, chaises et tout ce qui en restait sur le pont. Mais il ne fit cela qu'avec l'autorisation du propriétaire de l'*Henrietta* qui était finalement libéré. En échange, Monsieur Fogg décida de lui offrir une fortune pour son bateau. Ainsi, il pouvait garder l'espoir d'accomplir le tour du monde dans les délais fixés.

Pendant que le temps en dehors était encore agité, la montre ne le relâcha pas. D'après ses calculs, Phileas Fogg se rendit compte qu'il arriverait à Liverpool le jour prévu. En fait, il était 10h du soir du 20 décembre et ils étaient encore sur la côte de l'île de l'Irlande qui était sur la route pour l'Angleterre. Il y avait donc beaucoup de traversée maritime devant eux et, en plus, il se demandait si le bateau qui ressemblait à un incendie flottant résisterait jusqu'à la fin du long voyage.

Soudain, dans le noir de la nuit, des lumières, tels des signaux salvateurs, apparurent à l'horizon. Le capitaine Speedy annonça qu'ils étaient près du port de Queenstown, sur la côte irlandaise. En apprenant qu'il y avait une ligne ferrée qui reliait la ville à la capitale, de l'autre côté de l'île, Phileas Fogg fit plusieurs calculs et conclut qu'il gagnerait un temps précieux s'il faisait une partie du chemin par voie de terre.

Suivi par ses compagnons de voyage, il débarqua rapidement sur le port et quelques minutes après ils prirent le train qui allait de Queenstown à Dublin. Alors, de la capitale de l'Irlande ils arrivèrent à prendre l'un des plus rapides bateaux à vapeur qui les emmènerait à Liverpool.

Il était 11h40 du matin du 21 décembre quand Phileas Fogg finalement était sur le sol anglais. Il était à Liverpool, à quelques heures de Londres. Cependant, à ce moment-là, l'inspecteur Fix s'approcha et, selon la tradition britannique, mit sa main sur l'épaule de Monsieur Fogg et lui demanda, en bradissant son mandat:

— Êtes-vous Phileas Fogg?
— Oui, monsieur!
— Au nom de la reine, je vous arrête!

13 Fin de parcours pour Phileas Fogg?

PHILEAS FOGG ÉTAIT EN PRISON. Le gentleman avait été arrêté à la douane de Liverpool où il devrait passer le reste de la journée. Passepartout se précipita vers l'inspecteur hypocrite. Il voulait lui arracher ses cheveux, sa moustache, sa barbe... Mais il fut retiré de là par deux policiers. Madame Alda, indignée, protesta mais elle ne pouvait rien faire. L'inspecteur Fix avait accompli sa mission. Si Monsieur Fogg était coupable ou non, c'était à la justice d'en décider.

Phileas Fogg, assis sur un banc en bois de sa cellule, observait sans bouger sa montre sur la table. Lui qui jusque-là avait contrôlé le temps se sentait maintenant comme si les aiguilles des secondes lui échappaient emportant avec elles ses chances de gagner le pari. La cloche de la cathédrale sonnait avec force comme si elle annonçait sa défaite.

À 2h33 de l'après-midi, un vacarme ouvrit la porte de sa cellule. Madame Alda, Passepartout et Fix y entrèrent très agités. L'inspecteur était hors d'haleine et lui dit:

— Monsieur, pardonnez-moi... Une coïncidence incroyable... Le vrai voleur de la banque... d'Angleterre a été retrouvé et a été arrêté. Vous êtes... libre!

Pour la première fois, Monsieur Fogg démontra un changement d'humeur et le frappa le visage.

— Joli coup! — exclama Passepartout avec un sentiment de vengeance.

Monsieur Fogg, sans perdre une seconde qui pouvait

lui échapper de ses mains prit sa montre et pratiquement se lança dans un taxi qui l'emmènerait, avec la jeune femme et son fidèle domestique, jusqu'à la station. Comme l'express pour Londres était déjà parti, il commanda un train spécial et à 3h de l'après-midi ils partirent vers la capitale.

Mais son sort semblait dérailler. Tout au long du parcours, plusieurs fois, la locomotive dut réduire sa vitesse ou même s'arrêter. Ils arrivèrent à la station centrale quand toutes les montres de Londres marquaient 8h50 du soir, cinq minutes après l'heure à laquelle Monsieur Fogg devait se présenter au Reform Club. Phileas Fogg avait perdu son pari!

PENDANT TOUTE LA JOURNÉE DU LENDEMAIN, la maison numéro 7 de la rue Saville Row paraissait vide. Aucun bruit ne fut entendu. Aucune lumière ne fut allumée. Ni Phileas Fogg ni sa noble invitée ni Passepartout donnaient signe de vie. Ils passèrent toute la journée recueillis et sans bouger comme s'ils faisaient partie du mobilier de la maison sans croire à leur manque de sort.

Vaincu! C'était le sentiment de Phileas Fogg. Après avoir parcouru un long trajet autour du monde, après avoir surmonté d'incomptables obstacles, après avoir fait face à des milliers de dangers et encore après avoir fait de bonnes

actions pendant tout le chemin, après tout cela… il avait perdu la grande lutte contre le temps. Il avait dépensé une bonne partie de son argent pour faire le voyage. Et avec le payement du pari, il lui en resterait peu. Mais plus que se sentir vaincu, il était ruiné! Il ne voyait pas la nécessité de se présenter si déconcerté et en retard devant ses collègues du Reform Club. Il avait échoué. Il ne lui restait plus qu'à payer le montant du pari à la banque. C'était tout et rien d'autre! C'était sa fin.

Ce dimanche triste et sombre ne s'illuminerait qu'en fin d'après-midi quand Monsieur Fogg alla à la chambre de Madame Alda pour une conversation privée.

— Pardonnez-moi Madame Alda de vous avoir amenée en Angleterre — dit-il après un long silence. — Permettez-moi de vous
accueillir chez moi avec ce qui m'en reste et vous offrir une vie digne?

— Monsieur Fogg — dit Madame Alda le regardant dans les yeux en tenant très ferme l'une de ses mains qui lui avait sauvé sa vie. — Vous avez témoigné plus que du courage. Votre cœur est très généreux et m'a conquise. Je voudrais être votre épouse. Voulez-vous de moi pour votre femme?

— Oui, je vous aime! — répondit Phileas Fogg. — Je vous aime plus que tout ce qui existe au monde!

Passepartout fut alors appelé. En entrant dans la chambre, son maître lui ordonna de chercher le révérend Samuel Wilson immédiatement dans la

paroisse de Mary-le-Bone. Il voudrait que le révérend réalisât une simple cérémonie de mariage lundi.

— Demain? — demanda-t-il à Madame Alda.
— Oui, demain, lundi! — confirma la jeune femme.

Alors, Passepartout partit en toute hâte dans les rues déjà sombres de Londres pour arriver rapidement à la paroisse.

Un peu maladroit, Passepartout dit au révérend Samuel Wilson ce que Monsieur Fogg lui avait ordonné de faire.

— J'ai besoin de vous pour célébrer un mariage demain.

Le révérend regarda Passepartout étonné et dit:

— Le mariage ne peut pas avoir lieu demain, jeune homme!
— Pourquoi? Demain, c'est lundi.
— Non, monsieur, demain, c'est dimanche!

Le jeune français faillit presque tomber. C'était difficile d'y croire mais Monsieur Fogg s'était trompé dans ses calculs d'un jour et ils étaient arrivés vingt-quatre heures avant le délai prévu!

Passepartout retourna à la maison comme une locomotive qui traversait et heurtait tout ce qu'il voyait devant lui. Quand il arriva au numéro 7 de la rue Saville Row, il faisait déjà presque un jour dès leur arrivée dans la station principale de Londres. Maintenant il était 8h35 du soir: il manquait seulement dix minutes pour que la montre indique 8h45, juste le délai que son maître avait déterminé pour être au Reform Club.

Phileas Fogg n'eut que le temps de prendre son chapeau haut-de-forme, et de tirer Madame Alda par le bras. En chemin, ils trouvèrent un taxi à cheval que son conducteur était en train de réparer.

14 L'attente de l'arrivée de Monsieur Fogg au Reform Club et dans toute l'Angleterre

IL EST IMPORTANT DE SOULIGNER CE QUI SE PASSA EN TERRES BRITANNIQUES surtout après l'arrestation du voleur de la Banque d'Angleterre, à Edimbourg, le 17 décembre. Jusqu'à ce jour-là, Phileas Fogg en était le principal suspect et son tour du monde était considéré comme une manière intelligente qu'il avait trouvée pour s'enfuir avec tout l'argent. Dès l'arrestation du vrai criminel, tout le monde a cru dans sa bonne foi. La majorité du peuple commença à le soutenir dans son pari.

Dans les journaux, l'on n'entendait parler que de cela. Dans les rues de toute l'Angleterre, femmes et hommes cherchaient des nouvelles à propos de l'excentrique monsieur. Et ses collègues du Reform Club? Ils étaient très inquiets ces derniers jours. Le jour de l'arrestation du voleur, cela faisait soixante-seize jours que Phileas Fogg était parti faire son tour du monde. Tous demandèrent sans cesse: sera-t-il de retour dans le salon du club le samedi, le 21 décembre à 8h45 du soir?

L'attente de tous augmentait à chaque jour. Cependant, on n'avait plus de nouvelles de Monsieur Fogg. Était-il en Asie? En Amérique? Personne ne pouvait le dire. La police elle-même ne savait pas où était l'inspecteur Fix qui devrait être à la poursuite du suspect.

Le 21 décembre, le jour où Phileas Fogg devrait se présenter au Reform Club, Londres s'était arrêté. Au Pall Mall où se situait ce noble édifice et dans les rues des

alentours, une foule s'accoudait pour attendre l'arrivée de Monsieur Fogg. Ses cinq collègues étaient réunis dans le salon du club. Les banquiers John Sullivan et Samuel Fallentin ; l'ingénieur Andrew Stuart; Gauthier Ralph, administrateur de la Banque d'Angleterre ; et le brasseur Thomas Flanagan étaient les plus anxieux du pays. L'horloge du club marquait 8h25.

— Messieurs, dans vingt minutes s'achève le délai accordé à Monsieur Fogg — dit Andrew Stuart en se redressant.

— On n'a pas de ses nouvelles. Son nom ne figurait pas sur la liste de passagers du *China* — ajouta John Sullivan.

— Ce projet était quand même fou. Il ne pouvait pas prévoir des retards inévitables tout au long du chemin — reprit Thomas Flanagan.

— Je suis sûr que demain nous allons recevoir le chèque de notre pari. Il a perdu! — dit Gauthier Ralph.

Au milieu de cette conversation, l'horloge du salon avança jusqu'à 8h40. Il ne restait que cinq minutes. Les collègues se regardaient avec impatience. Le comportement réservé de Phileas Fogg venait à leurs esprits. Son voyage ainsi que sa vie était entourée de mystères. Ils étaient de plus en plus nerveux.

— Il est 8h43! — dit Thomas Flanagan quelques minutes plus tard.

Personne ne bougeait dans le salon du Reform Club. Mais au-dehors la foule s'agitait avec des cris aigus.

— Maintenant, il est 8h44! — dit John Sullivan, respirant lourdement.

L'aiguille des cinquante secondes de l'horloge du grand salon était en train de commencer son dernier tour.

Il manquait des secondes. Quarante. Trente secondes.

Personne ne disait plus un mot. On n'entendait même pas un soupir. Tous les regards étaient fixés sur la porte qui était encore fermée.

Vingt. Dix secondes avant que ne sonnent 8h45...

15 La seule erreur de calcul du méthodique Phileas Fogg

ALORS QU'IL NE RESTAIT PLUS QUE CINQ SECONDES, la porte du grand salon s'ouvrit et…..
— Me voici, messieurs!
C'était Phileas Fogg suivi de la foule qui criait et applaudissait.
Devant la surprise de ses collègues il ajouta:
— Oui, Phileas Fogg en personne!
Monsieur Fogg avait gagné son incroyable pari. Il avait réussi à faire le tour du monde en quatre-vingts jours!

Cher lecteur, maintenant vous êtes sur-pris par cet incroyable Phileas Fogg? En fait que s'est-il passé? Comment cette erreur de calcul est-elle survenue? Très simple. Tellement simple, qu'elle a échappé au méthodique anglais. Sans se rendre compte, Monsieur Fogg avait gagné un jour dans son itinéraire justement parce qu'il avait fait le tour du monde. En fait, quand il a fait le voyage vers l'est de la Terre, dans la direction du soleil, les jours se sont raccourcis quatre minutes à chaque degré qu'il avançait dans cette direction. Si l'on multiplie les trois cents soixante degrés de la circonférence de notre planète par quatre minutes, le résultat est exactement vingt-quatre heures, c'est-à-dire un jour entier!

Si l'on explique d'une autre manière, pendant que Phileas Fogg faisait son voyage vers l'est, il a vu le soleil passer quatre-vingts fois sur le méridien, ses collègues du Reform Club l'avaient vu soixante-dix-neuf fois. C'était à cause de cela que ce jour-là était samedi et pas dimanche comme le croyait initialement le gentleman.

Mais, en réalité, qu'est-ce que Phileas Fogg a gagné en faisant le tour du monde? Qu'est-ce qu'il avait conquis dans ce long voyage?

Rien, diraient quelques-uns. Mais rien? On ne peut pas oublier qu'il a pu voir comment le monde est riche avec plein de cultures différentes et encore qu'il était tombé amoureux d'une femme charmante et belle, ce qui a fait de lui l'homme le plus heureux du monde!

JULES VERNE, l'auteur de ce roman est né à Nantes, en France, en 1828. Comme il était le plus âgé de cinq frères, son père voulait qu'il lui succédât à la tête de ses affaires. A cause de cela, il a étudié le Droit dans sa ville natale et après à Paris. Mais Jules aimait le monde des arts. A l'âge de dix et quelques mois il portait toujours avec lui une feuille de papier et un crayon et il n'arrêttait pas d'écrire. C'est par le théâtre avec l'aide d'Alexandre Dumas que Jules Verne a commencé à se rapprocher du public. Éditeur intelligent, Jules Hetzel n'a pas tardé à repérer le grand talent de Verne pour la littérature. Son premier roman, *Cinq semaines en ballon*, a lancé la carrière de l'écrivain français dont les succès se succèderaient avec toujours plus de retentissement. Après les autres romans ont apparus: *Le tour du monde en 80 jours, Vingt mille lieues sous les mers, Voyage au centre de la Terre, De la Terre à la Lune* et *l'île mystérieuse*. Il a été l'un des grands pionniers des romans de science-fiction dans une époque de grandes inventions (xixe siècle) comme l'électricité, le téléphone, le bateau à vapeur et les voies ferrées.

BETO JUNQUEYRA, auteur de cette adaptation, il a grandi parmi les fermes de l'État de Minas Gerais, les villages du nord de Portugal et les livres de Monteiro Lobato et Jules Verne. A l'âge de 9 ans, il écrivait des contes et, après avoir fait des voyages dans les quatre coins du monde, il a acquiert beaucoup d'inspiration pour écrire. Son premier livre de littérature de jeunesse a été *Volta ao mundo falando português*, inspiré dans l'oeuvre de Verne. Parmi ses principales publications, Beto Junqueyra a écrit *Deu a louca no mundo, Pintou sujeira!, Ecopiratas em Fernando de Noronha* et *Quem tem boca vai ao Timor*.

HELOÍSA ALBUQUERQUE-COSTA, auteure de cette traduction, est professeure-docteur en langue et Littérature Française par l'Université de São Paulo (usp). Traductrice assermentée et directrice de recherche en Master et Doctorat, ses travaux à l'usp sont axés sur l'enseignement-apprentissage du Français Langue Etrangère (fle) et sur la formation des enseignants pour des cours en présentiel et à distance. L'auteure a été aussi présidente de l'Association de Professeurs de Français de l'Etat de São Paulo et en 2013 a reçu du gouvernement Français l'*Ordre de Chevalier des Palmes Académiques*. Entre 2015-2017, elle a dirigé le Centre interdépartamental de la fflch-usp et en 2017 a fait son post-doctorat à l'Université Lumières Lyon2, en France.

DANILO TANAKA, illustrateur de ce livre, est né dans la région sud de São Paulo et depuis son enfance c'est un amoureux du dessin. A l'âge de douze ans, il a fait son premier cours de dessin et à treize ans il a gagné son premier prix: "Destaque Especial". Il a plusieurs styles de tracé et de peinture. Il est diplômé en Publicité et Propagande et il est titulaire d'un mba en marketing. Il a gagné aussi le Prix Design de Embalagem de l'abf + rdi Design en 2016-2017.